AF328283

LE
VOLONTAIRE
DE 1870

Poitiers, typ.-lith. de l'Ouest : J. Ressayre. — Paris, 3, rue d'Aboukir.

BIBLIOTHÈQUE OMNIBUS

HENRI DE FOVILLE

LE

VOLONTAIRE DE 1870

ROMAN COMPLET

DEUXIÈME ÉDITION

30 Centimes

PARIS

LUCIEN WINTER, Éditeur

50-52, passage Jouffroy

1877

LE
VOLONTAIRE DE 1870

I.

LA FAMILLE DU PROSCRIT.

Dans une des larges rues qui avoisinent Soho square, à Londres, vivait une famille française du nom de Delcourt. Le chef de cette famille était un homme entre la cinquantaine et la soixantaine, aux longs cheveux, à la barbe blanche, à la physionomie bienveillante et sympathique.

En ce vieillard toujours calme, toujours souriant, on devinait l'homme qui convient au genre de profession qu'il exerçait : il donnait des leçons de français.

Au moment où nous pénétrons dans son intérieur, au mois d'août 1870, dans l'après-midi d'une journée bien remplie, car il avait déjà donné cinq leçons depuis le matin, nous le trouvons assis dans un fauteuil, l'air beaucoup plus grave que de coutume, l'inquiétude peinte sur ses traits.

Peut-être ressentait-il un peu de fatigue? Non, depuis qu'il avait quitté Paris, lors de la révolution de 1848, quand tous les trônes de l'Europe s'étaient sentis ébranlés, cette existence n'avait jamais varié.

Fermement attaché au parti orléaniste, il n'avait pu, à la suite du coup d'État de 1852, se faire l'idée de l'Empire qu'il ne reconnaissait pas. Il avait donc continué de résider dans sa patrie d'adoption, sur ce sol étranger qui, au plus fort de la tourmente révolutionnaire, lui avait offert un refuge, et, heureux auprès de sa compagne, il s'était dévoué à l'éducation de leurs enfants, Georges et Berthe.

Mme Delcourt s'occupait à des travaux d'aiguille avec cette dernière, jolie brune de dix-sept à dix-huit ans, à l'œil vif et piquant, l'ange de la maison.

— Ne le troublons plus dans ses réflexions,

disait la mère à sa fille, à voix basse et en désignant des yeux le vieillard pensif et abattu, puis elle ajouta : il songe à cette affreuse guerre ; Dieu veuille qu'il n'en devienne pas fou !

Pour toute réponse, Berthe secoua tristement la tête.

Le bruit du marteau sur le timbre de la pendule rompit le silence qui suivit ; cinq heures sonnèrent. En même temps on frappa à la porte du dehors. La bonne, qui avait couru répondre, entra bientôt tenant un journal qu'on venait d'apporter comme chaque jour, et se retira après l'avoir donné à son maître qui, d'une main tremblante, se mit en devoir de le déplier.

Dès qu'il parut avoir commencé sa lecture, les deux femmes l'interrogèrent du regard.

—Encore de mauvaises nouvelles ! s'écria-t-il exaspéré, Pauvre France qu'est devenue sa glorieuse auréole ! Après avoir été surprise à Wissembourg, son armée, repoussée par les envahisseurs, a dû battre en retraite jusqu'à Haguenau et Woerth ; ses pertes sont énormes. Ce qu'il faut à la France, ce sont des hommes, avec une meilleure orga-

nisation militaire, elle peut encore être sau-
vée. Tiens, Bertho, lis le journal à ta mère,
moi, je n'en ai pas le courage.

L'idée seule d'une défaite de ses compatriotes attristait le proscrit de 48.

Ce fut d'une manière distraite qu'il écouta
ce que la jeune fille lut d'une voix très-
émue.

Les troupes commandées par Mac-Mahon
et de Failly avaient subi un déplorable
échec.

Pendant que sa sœur lisait, Georges Delcourt entra; il alla embrasser sa mère, ensuite Bertho en souriant, puis, s'approchant
de son père dont il saisit la main, le jeune
homme prit un air grave.

Georges était employé dans une maison
d'exportation, et, comme depuis le début
des hostilités entre la France et la Prusse
les affaires n'allaient plus, son emploi se
bornait à quelques heures de présence par
jour.

Tous les esprits étaient occupés de cette
lutte fratricide dont les suites bien inatten-
dues étonnaient; aussi, de tous côtés, des
plaintes étaient-elles exhalées sur le sort des
vaincus.

— Georges, dit brusquement M. Delcourt, connais-tu les nouvelles?

— Oui, mon père, elles sont fort tristes; mais bientôt, je l'espère, elles seront meilleures.

Le jeune homme, qui craignait de s'embarquer dans une longue discussion, accueillit avec un certain soulagement l'arrivée de Suzanne, la bonne, qui vint annoncer que le dîner était servi.

On passa dans la salle à manger. Pendant le repas, peu de paroles furent échangées. On eût dit qu'il régnait une oppression générale, et que chacun devinait qu'un grand malheur le menaçait.

En découpant le gigot, M. Delcourt exprima son désir d'apprendre que les lames prussiennes étaient aussi mal aiguisées que le couteau dont il se servait. Berthe, alors, hasarda une simple réflexion bien innocente, qui cependant fit rougir son frère. Elle s'en aperçut; aussi ajouta-t-elle vivement:

— Mon Dieu, je l'avais oublié. Par la raison que Wilhelmine est Allemande, Georges n'aime pas à entendre dire du mal de l'Allemagne; pourtant...

— Il me semble, dit M. Delcourt interrompant sa fille, qu'on ne tient guère compte ici de mes recommandations. N'ai-je pas interdit tous rapports entre la famille de cette personne et la mienne? Quant à présent, nos relations doivent cesser. Je ne veux entendre prononcer aucun nom allemand, car il n'y a pour moi ni Bavarois, ni Badois, ni Saxons, etc.; tous sont enfants de l'Allemagne, tous veulent l'unité de leur nation, tous se sont coalisés pour rabaisser la France et anéantir son commerce et son industrie, qu'ils envient.

Berthe baissa les yeux et, regrettant d'avoir parlé, garda le silence.

— Il nous faudrait une répétition d'Iéna, continua le vieillard; mais, sommes-nous bien en mesure de l'avoir?

Remarquant l'exaltation de son mari, Mme Delcourt inquiétée donna un autre tour à la conversation.

Jamais il ne s'était animé de la sorte que depuis la déclaration de guerre et le début de nos désastres.

Et, en réalité, l'invasion de la France et le siége probable de Paris ne suffisaient-ils pas à rendre fou le fils d'un homme qui avait si longtemps combattu au milieu des soldats de la première République ?

Le dîner terminé, M. Delcourt se montra impatient de voir sa femme et sa fille se retirer. Enfin, il se décida à leur dire qu'il désirait être seul avec Georges, qu'il avait à lui parler. Un pressentiment douloureux fit pâlir Mme Delcourt, qui se leva ainsi que Berthe.

Comme elles se disposaient à quitter la salle à manger, la mère jeta un regard de tristesse sur son fils. Son instinct lui disait que bientôt peut-être elle serait privée de sa douce affection.

Dans le langage si expressif des yeux, Georges lui répondit de manière à la rassurer. Il avait l'air radieux et la plus parfaite sérénité était peinte sur son visage.

— Georges, dit M. Delcourt dès qu'ils furent seuls, tu n'ignores pas que tu vins au monde en France, bien que, depuis ta plus tendre enfance, l'Angleterre soit notre pays d'adoption, tu n'as pas oublié qu'avant tout tu es Français et que chaque goutte du sang qui coule dans tes veines appartient à ta patrie ?

— Je sais tout cela, mon père, répondit

Georges avec véhémence, et j'en suis fier.

— Bien, très-bien, mon fils, reprit le vieillard, visiblement ému; je puis donc t'adresser une question à laquelle je te prie de répondre, sans arrière-pensée.

— Je vous le promets, mon père, parlez.

— Bientôt tu entreras dans ta trentième année. Tu es fort, robuste, tu as de l'énergie, tu saurais au besoin te servir d'une arme, quelle qu'elle fût. La France est aux abois, un péril immense la menace; quel est ton devoir, quand celui de tout bon patriote est de marcher au combat? Les Allemands ont juré de nous vaincre ou de périr, et, sur tous les points, leur attitude le prouve. Comme Napoléon Ier, *le Grand* celui-là, ils ont fait choix de la guerre des masses. Il fallait s'y attendre. Un de leurs généraux ne nous en a-t-il pas, il y a deux ans, donné l'avertissement? Ah! cette brochure: *l'Art de vaincre les Français* eût dû être méditée par les hommes du métier; au lieu de cela, on l'a laissée passer presque inaperçue. Il y avait là, cependant, une menace pour l'avenir. Je veux bien croire, et en cela je ne manque pas de bonne volonté, d'indulgence, que l'empereur a été trompé, trahi. C'est le résultat ordinaire d'un gouvernement personnel. Je fus toujours opposé à cette dynastie, tu le sais; mais, par le temps qui court, en présence de si fatals événements, ce n'est pas au souverain malheureux ou coupable que l'on doit songer, c'est à la France.

— Oui, vive la France! périssent les oppresseurs! dit le jeune homme avec un noble élan.

— Georges, ces mots enthousiastes sont hors de saison; la patrie en danger réclame des faits. Chacun de ses enfants doit faire preuve de courage et d'abnégation et, s'il le faut, verser son sang pour elle. A cette heure, la France entière est sur pied; de tous côtés on arme, et tout le monde espère en cette seconde armée qui se forme à Châlons, afin d'aller au secours de notre armée du Rhin, si éprouvée. Elle doit lui tenir lieu de réserve, assure-t-on. A présent que tu m'as entendu, Georges, où est ta place?

Et, comme pour donner plus de poids à cette question, M. Delcourt se leva et regarda fixement son fils.

On eût dit qu'il cherchait à lire au fond de son âme, à deviner ses plus secrètes pensées.

— Ma réponse est bien simple, mon père; ma place est au milieu de mes frères, sous le feu de l'ennemi.

— Tu m'as compris, Georges. Je ne te dissimulerai pas, pourtant, que ta présence manquera à mon bonheur, continua le vieillard, ému jusqu'aux larmes. Ah ! je suis fier de toi, tu es l'orgueil de ma vie. Je n'ai plus que toi pour ami. Un à un, tous les autres m'ont quitté. Quand je me reporte vers le passé, je me trouve quelque ressemblance avec celui qui cherche à se frayer une route dans un cimetière et à travers les tombes qui cachent à ses yeux un être aimé dont une croix porte le nom. La France doit passer avant moi, mon fils, c'est son droit, c'est ton devoir.

Les larmes jaillirent des yeux de Georges, qui ne pouvait plus se contenir.

La conduite du père dénotait une rare noblesse de cœur; par la sienne, le fils s'apprêtait à prouver qu'il tenait bien de lui.

— Mon père, dit Georges, j'ai prévenu votre désir. Je suis heureux que, tout le premier, vous ayez pris la parole à ce sujet, je ne savais comment l'aborder vis-à-vis de vous. Depuis hier je suis enrôlé dans le corps des volontaires qui partira après-demain pour Boulogne, à destination de Châlons.

— Est-ce possible ! s'écria M. Delcourt, qui ne pouvait en croire ses oreilles.

— Les armes me sont familières, et comme je me ris du danger, je veux marcher aux premiers rangs. J'ai foi en mon étoile, j'ai confiance en Dieu, et je sais que les prières de ma mère et de ma sœur me gagneront sa protection. Mon sang bouillonne dans mes veines quand je songe à toutes les horreurs de cette guerre. Pauvre Alsace ! comme on la saccage ! Oh ! il faut que la France mette en œuvre tous les moyens dont elle peut disposer. Ses ressources en hommes et en argent sont immenses. Elle fut la grande nation, la maîtresse du monde ; elle ne doit rien perdre de sa souveraineté, non rien. Et si le sacrifice de ma vie est nécessaire, je le ferai sans hésitation.

M. Delcourt attira son fils vers lui et l'embrassa.

— Tu nous reviendras, Georges, dit-il, j'en ai la conviction.

— Puissiez-vous être bon prophète, mon père ; mais si la fatalité en décide autrement, je mourrai glorieusement en bonne et nombreuse compagnie. La fleur de la jeunesse française a déjà pris les armes.

La porte de la salle à manger s'ouvrit brusquement, et Mme Delcourt, affolée, les cheveux en désordre, les yeux hagards, s'élança vers les interlocuteurs. Comme mère, elle s'était autorisée à écouter la conversation de son mari et de son fils, et elle avait tout entendu.

Elle pressa ses mains sur son cœur, pour en comprimer les battements, et essaya de parler ; mais il lui fut impossible d'articuler une seule syllabe.

M. Delcourt, alarmé, gardait le silence ; sur sa physionomie se lisait la sévérité.

Chez lui le cœur pouvait saigner, l'âme pouvait souffrir ; rien, à l'extérieur, ne le laissait supposer.

Enfin, après plusieurs efforts, la pauvre mère, les mains jointes, dit d'un air suppliant :

— Maurice, empêche notre Georges de partir. Oh ! je ne veux pas qu'on me prenne mon enfant. S'il nous quitte, j'en mourrai, je le sens. Depuis plus de vingt ans, l'Angleterre est devenue sa patrie, il n'est donc pas tout à fait Français. Ce ne sont pas les hommes qui manquent à la France, elle saura bien se tirer d'affaire sans lui. Comment ! tu ne me réponds rien, ajouta-t-elle en voyant son mari impassible, tu veux envoyer notre enfant au-devant de ces épouvantables mitrailleuses. Le crois-tu donc invulnérable ? Non, je ne veux pas qu'on me l'arrache.

Elle se laissa tomber à genoux, et de ses mains voila son visage baigné de larmes.

—Ayez du courage, ma mère, dit Georges, qui essaya de la relever ; pensez à mon honneur, qui se trouve en jeu ; pensez à notre pauvre et chère patrie.

—Non, je ne songe qu'à toi, et je ne veux pas qu'on nous sépare.

—Henriette, dit M. Delcourt avec calme, en s'adressant à sa femme, cesse cet impardonnable enfantillage. Pourquoi chercher à retenir celui dont moi-même je hâte le départ ? La France le réclame, elle a besoin de tous ses enfants. Il doit obéir à son appel.

Mme Delcourt parut frappée de ces paroles ; elle se leva en tournant les yeux au ciel. Puis, la réaction se produisant, elle jeta un cri déchirant et s'affaissa sans connaissance.

M. Delcourt avança vivement les bras pour la recevoir.

Pauvre femme ! pauvre mère ! Elle n'était pas la seule dont le cœur fût mis à la torture et qui envisageât l'avenir sous les plus sombres couleurs. Et tout cela parce que deux hommes, Bismarck et Benedetti, n'avaient pu parvenir à s'entendre.

II

LE DÉPART DES VOLONTAIRES.

Hans Netzel était Bavarois. Dans une rue voisine de la demeure de la famille Delcourt, il tenait une sorte de brasserie-restaurant que Georges fréquentait assez assidûment, car il y retrouvait ses amis, jeunes gens de son âge, fort amateurs d'une partie d'échecs ou de dominos, ses jeux favoris.

On savait très-bien que chez Netzel toutes les consommations étaient de la première qualité, que son *Kirschen-wasser* ne laissait rien à désirer, et que sa choucroute n'avait pas de rivale pour la préparation ; mais les gens mal intentionnés prétendaient que ce qui attirait le plus la jeunesse dans son établissement, c'était la présence de sa fille Wilhelmine, dont la fraîcheur et la beauté, sans être transcendantes, ne pouvaient certainement passer inaperçues.

Wilhelmine, dont la physionomie respirait une santé parfaite, était blonde et avait en partage de grands yeux bleus très-expressifs, d'une douceur infinie et voilés de longs cils; son sourire captivait.

Georges Delcourt aimait Wilhelmine; de son amour il avait fait un culte, et, loin d'être insensible, la jeune fille semblait partager ses doux sentiments. Ils étaient fiancés l'un à l'autre, et cette union, que les parents envisageaient avec une grande satisfaction, avait dû être différée à la suite de la déclaration de guerre entre la France et la Prusse, circonstance imprévue qui était venue jeter un froid dans les rapports des deux familles.

Le lendemain de son entretien avec son père, Georges fit quelques préparatifs de départ, puis il sortit pour aller dire adieu à quelqnes amis; dans l'après-midi, il vint à la brasserie Netzel.

Wilhelmine, assise au comptoir, se leva dès qu'elle l'aperçut, et, pourpre de plaisir, après avoir prié la caissière de la remplacer, courut à lui et l'entraîna dans une petite salle voisine, où ils se trouvèrent seuls.

— Quel heureux hasard vous amène ? demanda-t-elle toute joyeuse.

— Je viens prendre congé de vous, chère Wilhelmine, répondit Georges après l'avoir embrassée.

— Quoi ! vous vous absentez encore. Fi ! le vilain, qui s'éloigne de moi. Je vais bien m'ennuyer quand vous ne serez pas là. Votre patron a donc toujours des affaires à régler en province. Cette fois, à quel endroit vous envoie-t-il ?

— Wilhelmine, je ne veux pas vous le cacher plus longtemps, c'est pour me battre que je pars.

— Pour vous battre ! s'écria la jeune fille, pâle comme une morte.

— Oui, je me rends en France. Ma patrie ne réclame-t-elle pas le secours de tous ses enfants ? Le maréchal Lebœuf s'était engagé sur l'honneur à fournir une armée de quatre cent mille hommes sur la frontière, il avait assuré que l'armement et l'équipement seraient exempts de reproches, que le dernier soldat ne manquerait de rien, pas même d'un bouton de guêtre, les réserves étant également approvisionnées. Le maréchal Lebœuf a perdu son souverain et trahi la France. Le mal est fait, et à présent qu'il est trop tard, on découvre la supercherie et l'on manque de tout. Le service des intendances ne fonctionne pas d'une manière régulière, les vivres et les munitions rejoignent difficilement les corps d'armée quand les convois ne disparaissent pas en route ou ne sont pas pris par l'ennemi. L'armée mise en avant n'est pas moitié de ce qu'elle devait être, les commandements mal donnés ne peuvent être bien exécutés; enfin, il n'y a pas d'entente.

Wilhelmine, frémissante, s'était affaissée sur un siége; Georges lui saisit les mains.

— Ne vous alarmez pas à tort, chère bien-aimée, dit-il avec inquiétude.

— Je me sens un peu mieux à présent, murmura la jeune fille au bout d'un instant. Ce que vous m'avez appris, Georges, m'a étourdie. Un moment j'ai cru que mon cœur cessait de battre. Je ne chercherai pas à vous faire changer de résolution, car si vous aviez hésité à remplir ce devoir impérieux, vous eussiez été indigne de l'affection que j'ai pour vous.

— Oh ! merci, chère Wilhelmine, dit Georges rayonnant, j'appréhendais de vous affliger et de vous trouver dans les mêmes idées que ma mère, qui invente mille moyens pour me retenir, tant elle souffre.

— J'irai la voir et lui porter mes faibles consolations. Ensemble nous prierons Dieu de veiller sur vous.

— La pensée que je vais marcher contre vos compatriotes ne vous aigrit-elle pas contre moi ?

— Nullement, Georges. Est-ce vous qui êtes cause de cette guerre ? Non. Est-ce moi ? Pas davantage. Puisque nous n'y pouvons rien, acceptons notre destinée. Ceux qui ont amené cette lutte fratricide auront de terribles comptes à rendre quand Dieu les mandera à son tribunal.

Ici, des larmes trop longtemps contenues s'échappèrent abondamment de ses yeux. Les sanglots étouffèrent sa voix et l'empêchèrent de continuer.

— Wilhelmine, reprit Georges avec tendresse, laissez mes baisers sécher vos pleurs.

Ayez du courage, si vous ne voulez me retirer une partie du mien dont j'ai tant besoin. Pourquoi vous désespérer ainsi ? Je reviendrai, j'ai dans l'idée que je ne resterai pas longtemps éloigné de tous ceux que j'aime. A mon retour, nous serons unis pour ne plus nous quitter. Songez à ce bonheur si impatiemment attendu, et croyez que mon amour pour vous est inaltérable.

Comme la jeune fille essuyait avec son mouchoir les dernières larmes qui coulaient malgré elle, hans Netzel entra, et, après avoir promené ses regards de l'un à l'autre, parut attendre l'explication de ce qu'il voyait.

Georges le prit à part, et, en peu de mots, lui dit le motif qui l'amenait.

Netzel hocha la tête et se montra grave.

— C'est bien, répondit-il, je n'ai rien à objecter. Allez à la rencontre de mes compatriotes. Si je n'étais si vieux, je devrais être dans leurs rangs. Je suis Bavarois, Munich est ma ville natale. Ah ! voilà des hommes qui savent se battre, les Bavarois ! C'était bien sûr qu'un jour ils prendraient les armes pour la défense de la mère-patrie. Hein, l'a-t-on assez chanté sur vos boulevards de Paris, sur vos promenades publiques, le *Rhin alle-mand* d'Alfred de Musset? Ce chant était une injure à notre adresse, il nous sonnait désa-gréablement aux oreilles. Puisqu'elle n'a pas su conserver ce qu'elle possédait, la France n'aura plus un pouce de sol arrosé par le Rhin, il nous faut les deux rives, et nous les aurons, oui, nous les aurons!... Ne sommes-nous pas maîtres de l'Alsace et de la Lorraine? On sait maintenant ce qu'est l'unité allemande et quelle est sa force quand l'étranger ose la menacer.

Et le brasseur-restaurateur s'interrompit pour juger de l'effet produit par ses paroles.

—Patience, répondit Georges avec calme, la chance peut tourner, mon cher monsieur Netzel, et alors, gare aux représailles; elles seront terribles. Tenez, si vous n'étiez pas le père de ma chère Wilhelmine, je pourrais vous parler différemment. Vous comprenez bien que semblables sorties contre ma patrie et mes compatriotes ne sont pas pré-cisément agréables à entendre. Avons-nous été battus jusqu'ici? Non. Les vôtres nous ont accablés par le nombre, et il a bien fallu leur céder la place. Attendez que les deux armées se rencontrent sous les murs de

Metz, c'est là qu'il y aura un choc épouvantable, qui fera trembler l'Europe entière. Vos troupes se heurteront là, ainsi qu'à Châlons, à un rempart inébranlable formé par des milliers de poitrines. Quant à Paris, cinq de vos armées ne pourraient s'en emparer.

Netzel sourit et haussa les épaules; il se sentait certain du complet succès de ses compatriotes.

— Voyons, il ne faut pas vous fâcher, continua Georges, et je crois vraiment que nous nous acheminons vers une querelle. Je ne vous ai jamais rien fait, vous ne pouvez donc me vouloir de mal; pour ce qui est de moi, je me préparais à devenir votre fils, je ne connais pas de meilleure raison à donner. Allons, faisons la paix, mon cher Netzel, et restons de bons amis.

— Au fait, vous avez raison, Georges; nous ne sommes pour rien, ni l'un ni l'autre, dans les événements. Nous vivions bien tranquilles, et, ma foi, nous n'avions nul besoin de cette affreuse guerre qui empêche et arrête le commerce presque partout, qui jette le désordre dans toutes les affaires. Quoi qu'il arrive, la France, par son industrie et son commerce, sera toujours la reine des nations. Ne tient-elle pas la clef do tout, n'a t-elle pas des richesses inouïes, un crédit sans égal ? Se passer d'elle est devenu impossible. Depuis que le mouvement des affaires est suspendu chez elle, rien ne va plus nulle part ; c'est la meilleure preuve de ce que j'avance. Mais, pour le quart d'heure, laissons de côté la politique. Vidons un verre de vieux kirsch de la Forêt-Noire, de celui que je réserve pour nous, vidons-le à ta santé, Georges, et à ton prompt retour. Excuse cette familiarité, je te regarde déjà comme mon fils.

— Oh ! j'emporte en partant l'espoir de le devenir un jour, dit Georges, qui sourit à la jeune fille.

— C'est mon plus grand souhait, car je suis bien certain que tu rendras ma Wilhelmine heureuse. Puisse cette guerre finir promptement, et puissions-nous, ton père et moi, vous conduire bientôt à l'autel !

Wilhelmine était complétement remise. Avant de se séparer, les deux jeunes gens échangèrent de tendres protestations et le baiser d'adieu ; puis Georges se retira en proie à une violente émotion.

Le même soir il dut subir l'épreuve d'une scène d'un autre genre et non moins triste.

Sa mère souffrante gardait le lit. Quant à Berthe, elle avait tant pleuré que ses beaux yeux étaient rouges et gonflés. Elle tremblait pour les jours de son frère.

Elle se suspendit à son cou, et de nouveau versa d'abondantes larmes.

— Que Dieu veille sur toi, mon Georges ! furent les seules paroles que sa mère put lui adresser en l'embrassant.

Georges s'étendit tout habillé sur son lit; il dormit peu, et, à cinq heures, il se leva pour prêter l'oreille.

Le plus grand silence régnait dans la maison. Désireux de pouvoir s'éloigner sans renouveler de pénibles adieux, il marcha sur la pointe des pieds, se glissa hors de l'appartement, ouvrit sans bruit la porte extérieure, et se trouva bientôt dans la rue.

Il courut en toute hâte au lieu de rassemblement, sur le square Trafalgar, dans l'espace compris entre les orangers des fontaines qui entourent le monument élevé à la mémoire de Nelson. Là, au milieu du brouillard d'une matinée d'automne, se réunissaient les patriotes, tous de beaux jeunes gens dans la force de l'âge. Ils allaient tous partir; combien en reviendrait-il, combien en reverrait-on ? leur dévouement ne causerait-il pas beaucoup de deuils ?

Le plus grand nombre paraissaient graves et réfléchis ; de temps à autre on entendait bien soit un couplet du *Rhin allemand*, soit le refrain de la *Marseillaise;* mais il était évident que tous comprenaient leur devoir et sentaient qu'il ne s'agissait pas pour eux d'une partie de plaisir.

Beaucoup d'entre eux appartenaient à des familles aisées, tous laissaient derrière eux la tristesse et le besoin de prier. Ni les uns ni les autres ne semblaient atteints de cette fièvre enthousiaste que donne souvent l'idée de faire la guerre. Non, le devoir les appelait, la patrie en danger réclamait leur secours, cela leur suffisait.

Lorsque six heures sonnèrent un roulement de tambour se fit entendre.

Aussitôt, tous ces jeunes gens, au nombre de cent vingt, se placèrent sur deux rangs, et celui qui les commandait, homme à la tournure martiale, déplia son contrôle et fit l'appel d'une voix claire.

Lorsqu'il se fut assuré qu'il ne manquait

personne, le colonel Mirecourt, c'était le nom de leur chef, qui, dans son temps, avait appartenu à notre armée et gagné ses grades à la pointe de son épée, ordonna un mouvement pour rompre, et la colonne se mit en marche.

Après avoir traversé le Strand, elle arriva au pont de Londres. Devant le débarcadère Sainte-Catherine, un bâtiment, le *Neptune*, de la Compagnie française, se balançait sur la Tamise. Il allait partir pour Boulogne.

Quand les jeunes gens embarquèrent, il n'y eut, de leur part, aucune manifestation bruyante. Tous prirent leur place à bord dans le plus grand silence, comme les y avait engagés le colonel Mirecourt ; ce qui ne manqua pas de rendre leur départ plus imposant.

Sur le pont de pierre jeté en travers de la Tamise, il y avait déjà beaucoup de curieux.

Quelques cris d'encouragement retentirent à l'adresse des volontaires, cris auxquels ceux-ci, tout heureux, répondirent avec émotion, avec reconnaissance.

Bientôt la cloche sonna, elle fut suivie d'un coup de sifflet, puis la vapeur s'échappa du tuyau.

Le *Neptune* se détacha peu à peu de la rive et gagna le large.

Les spectateurs réunis sur le pont voulurent donner une dernière marque de sympathie aux volontaires; les mouchoirs furent agités, les chapeaux levés en l'air, des larmes jaillirent de tous les yeux; un cri unanime s'éleva du sein de cette foule et trouva son écho sur le bâtiment qui s'éloignait.

— Vive la France! disaient tous les témoins de ce départ solennel.

— Vive la France! leur fut-il répondu.

Et, à bord, tout le monde se découvrit.

Ils partaient tous le cœur plein d'espérance, sans se préoccuper des déceptions qui pouvaient les attendre et sans songer qu'au retour beaucoup manqueraient peut-être à l'appel.

En mer, quelques-uns de ces jeunes gens se laissèrent gagner par la tristesse; le colonel, dont la joie était immense d'avoir pu, rien qu'à son appel, recruter tant de braves cœurs désireux de donner des preuves de leur patriotisme, alla de l'un à l'autre, prodiguant des paroles d'encouragement.

Il comprit combien il lui fallait tenir leur

enthousiasme en éveil; aussi leur raconta-t-il ses campagnes et mit-il en relief la gloire que l'on trouve souvent devant la bouche d'un canon.

— Croyez-moi, mes amis, ajouta-t-il, notre belle France sera bientôt délivrée de ces hordes de barbares qui ont eu l'audace de profaner son sol. Lebœuf, qui nous a entraînés dans ce mauvais pas, est déjà remplacé. Mac-Mahon, le héros de l'Algérie et de la Crimée, est appelé à tout réparer. On a la même idée sur Bazaine, dont la conduite au Mexique a prouvé toute la valeur militaire. Une marche sur Paris serait le Moscou des Prussiens; leur imprudence n'ira pas jusque-là.

Lorsqu'il s'interrompit, le colonel Mirecourt éprouva une grande satisfaction; il avait réussi à captiver l'attention de tous.

III

LE PATRIOTISME DE WILHELMINE.

Wilhelmine Netzel, fière de la conduite désintéressée de Georges, admirait son dévouement et se demandait si, de son côté, elle ne pourrait rien faire pour son pays.

Le patriotisme de son fiancé avait éveillé le sien, elle voulait suivre son exemple.

Le jour même du départ de Georges, elle se rendit chez une dame, Allemande de naissance et mariée à un riche personnage anglais.

Mme Bernsdoff-Sussex avait connu le brasseur Netzel en Bavière; elle y était une de ses meilleures clientes. Wilhelmine qu'elle voyait souvent lui avait été très-sympathique, et elle s'était prise d'une grande amitié pour elle. Charmée de la retrouver à Londres, elle se plaisait souvent à lui donner des marques d'intérêt.

Certaine qu'elle l'aiderait à la réussite d'un plan hardi qu'elle avait conçu, la jeune fille voulait la consulter.

A son arrivée à l'hôtel de Mme Bernsdoff-Sussex, situé dans Kensington, Wilhelmine dut attendre quelques instants avant d'être introduite près de cette dame, car il y avait déjà bon nombre de visiteurs.

Mme Bernsdoff-Sussex était la directrice d'une succursale de la Société allemande de secours aux malades et aux blessés pendant la guerre ; lorsque Wilhelmine put entrer, elle la trouva assise à une table devant une pile de notes et de papiers qu'elle examinait.

— Ah ! c'est vous, chère enfant, je suis charmée de vous voir, dit-elle à la jeune fille d'un air affable ; puis elle ajouta : Si ce dont vous venez m'entretenir n'a rien de bien urgent, faites-moi l'amitié de le remettre à une prochaine visite. Je suis si occupée que je n'aurai que quelques minutes à vous donner.

—Je ne veux pas vous déranger, madame, je vais me retirer, répondit Wilhelmine d'un ton attristé.

— Apprenez-moi au moins quel motif vous amenait.

Et, tout en l'interrogeant, elle ouvrit une lettre qui contenait un chèque dont elle inscrivit le montant sur le registre de la Société ; ensuite elle le glissa dans le tiroir de sa caisse.

— Madame, reprit Wilhelmine, je comprends la nature de vos occupations ; vous remplissez là une bien noble mission, il est si doux de faire le bien !

— Nous sommes heureux, en effet, mon mari et moi, de pouvoir venir en aide aux malheureuses victimes de cette guerre regrettable. Demain, M. Bernsdoff-Sussex doit partir pour Berlin, où il conduit beaucoup de nos compatriotes, chère enfant, qui sont venues se proposer pour donner leurs soins aux malades et aux blessés. Il emportera en même temps, l'heureux résultat de notre, souscription.

— Il y a beaucoup d'infortunés qui souffrent, n'est-ce pas, madame !

— En ce moment, oui, et Dieu seul peut savoir à combien s'élèvera leur nombre dans quelque temps. Il nous faut donc prendre des mesures qui nous permettent de parer aux éventualités. En présence de tels malheurs, le cœur le plus froid ne saurait demeurer insensible. Je suis heureuse de dire que notre appel aux fortunes anglaises a été favorablement écouté ; il a même dépassé nos espérances, car chacun est accouru pour apporter son offrande. Maintenant, nous cherchons à organiser un corps de jeunes femmes robustes et pleines de santé qui consentiraient à s'expatrier pour être attachées à nos hôpitaux ou à nos ambulances. C'est un dévouement qui tient de l'héroïsme, mais qui, de nos jours, trouve peu de prosélytes·

— Ne réunirais-je pas les conditions exigibles, madame ? Je suis forte, j'ai la santé.

— Vous, chère enfant ! fit la dame surprise.

— Oui, moi-même, madame, répondit Wilhelmine dont le visage était radieux.

— Comment ! est-ce pour cela que vous êtes venue ?

— Oui, madame, pour vous demander de vouloir bien m'employer. Je veux me rendre utile à mon pays.

— Ce désir vous honore; mais, votre père ne fera-t-il aucune objection ?

— Je ne le crois pas. Je ne lui ai encore rien dit de mon projet, cependant. S'il voit que c'est de moi-même, sans être influencée par personne, que j'agis, il ne mettra aucun obstacle à mon départ. Il sera fier de sa fille et ne l'en aimera que davantage. Oh! je le connais.

— Ainsi, le conseil que je pourrai vous donner vous le suivrez ?

— Oui, madame; si vous m'engagez à partir, je partirai sans hésiter. S'il est nécessaire, je réponds d'obtenir le consentement de mon père, et d'être prête, demain, à suivre M. Bernsdoff-Sussex.

La dame lui adressa des regards d'admiration et lui prit les mains en disant :

— Vous êtes brave, Wilhelmine, j'aime cela; mais puisque tel est votre désir, je ne veux pas vous dissimuler que, dans les louables fonctions que vous ambitionnez, on court de grands dangers.

— Peu importe! du ciel, ma patronne veillera toujours sur moi.

— Il y a peu de temps, une de nos bonnes sœurs fut tuée en pansant un blessé.

— Elle ne pouvait avoir une mort plus glorieuse.

— Je partage votre manière de voir. Enfin, comme dernière remarque, songez que vous allez voir la maladie et la mort sous leurs plus effrayants aspects; que, pendant des mois entiers, les plaintes, les gémissements, les cris des malheureux patients retentiront à vos oreilles.

— Viendra une heure où je recevrai ma récompense, dit Wilhelmine en tournant ses regards vers le ciel.

— On ne saurait mieux parler, chère enfant. On pourra compter sur vous, je le vois. Vous serez d'un grand secours, et l'Allemagne aura le droit d'être aussi fière de ses filles que de ses fils. Vous partirez. Dès à présent, je vais inscrire votre nom sur ma liste. Désormais, vous êtes sœur de la Croix-Rouge.

Quand Wilhelmine se retira, elle s'était engagée à se trouver le lendemain à la gare de Charing-Cross d'où devait partir M. Bernsdoff-Sussex ; et il était bien convenu qu'elle serait munie du consentement de son père.

Rentrée à la brasserie, la jeune fille remit au vieux Netzel une lettre de la dame, lettre dont le contenu frappa d'abord le pauvre homme de stupéfaction.

— Ainsi, murmura-t-il après s'être un instant recueilli, tu veux me quitter, Wilhelmine ; comme tant d'autres entraînées par leur élan, tu veux conquérir ta part de gloire dans cette campagne ; à l'exemple de nos nobles dames, tu veux te dévouer pour nos braves soldats ?

Ici sa physionomie, sur laquelle avait glissé un nuage de tristesse, reprit sa sérénité habituelle.

— Quoi d'étonnant à cela ? ajouta-t-il aussitôt avec exaltation, mon sang ne coule-t-il pas dans tes veines ? Tu dois posséder mon courage et mon ardeur d'autrefois. Crois-tu que si je n'étais hors d'âge de porter un *dreyse* je n'eusse pas voulu, moi aussi, affronter le *chassepot* des Français et lutter contre les turcos, ces démons que l'enfer semble avoir laissé s'échapper. D'un autre côté, tu n'as plus que moi, depuis la mort de ta mère. Ne dois-je pas songer à ton avenir et faire en sorte que tu ne manques de rien quand le grand maître du monde me rappellera à lui. Je ne dois donc pas écouter mes idées belliqueuses, car, avant que sonne mon heure dernière, j'ai un devoir sacré à remplir ici-bas. Je suis en train de terminer ma vie; toi, mon enfant, tu commences la tienne; il faut que je te procure les moyens de la prolonger le plus possible, et je ne reculerai pas devant cette tâche qui m'a été imposée par Dieu. Approche ton front, Wilhelmine, douce image de celle que j'ai tant pleurée. Tiens, continua le vieux Netzel en l'embrassant, voilà ma réponse. Pourquoi faut-il que ma pauvre Mina ait été ravie à notre tendresse par l'impitoyable mort? Comme elle serait fière de sa fille!

Quelques minutes plus tard, tous les habitués de la brasserie connaissaient la détermination de Wilhelmine, et les éloges à son adresse se succédaient. Tous lui souhaitaient bonne réussite et prompt retour.

Ces flegmatiques Allemands étaient devenus de véritables enthousiastes; aussi entonnaient-ils des refrains patriotiques, leur chant national, et élevaient-ils un piédestal à la jeune fille qui, l'oreille tendue, le visage souriant, paraissait tout heureuse de ce qu'elle entendait.

Un consommateur s'approcha du comptoir. Comme les autres habitués de la brasserie, il était d'origine allemande. Il avait les cheveux rouges et plats, les yeux petits et gris ; signe particulier, il louchait. Sa taille était au-dessous de la moyenne, et il pouvait être dans sa vingt-cinquième année. Sa face, ronde comme une boule, n'avait qu'une expression, celle de la ruse nuancée de férocité.

Tel était le personnage que l'on nommait Otto Ganz, un inutile qui s'était fait l'honneur de ressentir un doux sentiment pour Wilhelmine, sentiment que la jeune fille ne partageait pas, bien au contraire.

Certain que Georges Delcourt aurait toujours ses préférences, il s'était pris à le haïr.

— Ce que je viens d'apprendre est-il vrai ? demanda-t-il d'une voix doucereuse ; quoi, vous vous disposez à nous quitter pour aller soigner les malades et les blessés ?

— Oui, monsieur Ganz, et je pars demain.

— Je ne voulais pas le croire, reprit-il

avec ironie; ah! tous ces niais, qui vident des choppes à votre santé et vous comparent à un ange, sont loin de deviner la vérité.

— Je ne vous comprends pas, balbutia la jeune fille en pâlissant.

— Oh! vous me comprenez très-bien, votre trouble suffit à me le prouver; les insensés! ils se figurent que c'est dans un but d'humanité que vous le faites, que c'est par excès de bonté.

— Il me semble qu'ils ne se trompent guère.

— Erreur, j'en sais plus long qu'eux, car je puis vous apprendre, moi, vous apprendre pourquoi, tout à coup, sans que personne y pense, vous avez été prise de telles idées de dévouement. Bien aveugle vraiment celui qui n'a pas vu clair dans ce qui se passe ici depuis quelque temps. Nierez-vous que vous aimiez ardemment le beau Georges, le galant freluquet? Non, n'est-ce pas. Hé bien! vous ne pourriez non plus nier que vous partez comme attachée à la Société de secours, avec l'idée de vous rapprocher de lui. Ai-je touché juste?

Willhelmine ne répondit pas; mais, se levant brusquement, elle quitta sa caisse et se retira dans la pièce voisine où elle avait reçu les adieux de Georges. Elle ne voulait pas entretenir une plus longue conversation avec l'homme qu'elle abhorrait, avec cet être nuisible qui avait deviné son secret et dont l'air narquois semblait gros de menaces pour l'avenir.

Otto Ganz ne s'était pas trompé : Georges rejoignait l'armée ; Wilhelmine se mettait en route le lendemain ; le but de leur voyage étant le même, le théâtre de la guerre, ne pourraient-ils pas se rencontrer, n'étaient-ils pas appelés à se revoir un jour sur le champ de bataille, à se dévouer l'un pour l'autre? La Providence devait avoir son but en les guidant dans la même voie.

IV

OTTO GANZ.

En quittant Wilhelmine, Otto Ganz s'était retiré dans un coin et avait commandé un moss de bière, qu'il avait aux trois quarts vidé, quand un nouveau personnage entra dans le café-brasserie.

C'était un homme de haute taille, maigre, grisonnant, à l'œil vif, au regard prompt.

Dès qu'il l'aperçut, Otto échangea avec lui un signe d'intelligence; ensuite le nouveau venu demanda un verre d'absinthe et roula une cigarette.

On ne le connaissait chez Netzel que sous

le nom du père Mathurin ; mais personne n'eût été à même de renseigner les curieux qui auraient cherché à savoir ce qu'il était, ce qu'il faisait.

Il fréquentait beaucoup tous les établissements publics où les Allemands avaient coutume de se réunir.

On croyait généralement qu'il vivait de ses rentes, et il jouissait d'une grande réputation d'excentricité.

Combien ceux qui le voyaient se doutaient peu qu'ils se trouvaient en présence d'un des agents secrets les plus habiles que la France avait à l'étranger.

Il se disait républicain, et, en société, il parlait contre l'Empire de manière à engager ses auditeurs à ne rien lui cacher de leurs opinions.

On sait que, de tout temps, Londres fut le quartier général des conspirateurs poliques.

Le père Mathurin, toujours aux aguets, flairait les complots, semblable à un limier de race cherchant le gibier, et il se trompait rarement de piste.

Par son intermédiaire, et d'après ses indications précises données à la police, plusieurs complots, quoique ourdis avec adresse et dans le plus profond mystère, avaient échoué au moment de réussir.

Tous les mois, il se rendait à l'ambassade française pour y recevoir son traitement.

Le sujet de conversation qu'il paraissait affectionner le plus était tout ce qui se rapportait à la Révolution de 1848. A l'entendre, il s'était conduit en héros ; chaque émeute l'avait vu à l'œuvre et nul, mieux que lui, n'excellait à dresser une barricade et à en organiser le plan de défense ; il montrait une certaine fierté à se dire l'un des perturbateurs les plus fréquents de la capitale française.

Par ses récits des mieux inventés et surtout son apparence d'entière bonne foi, il parvenait souvent à arracher les secrets des imprudents qui croyaient à ses promesses.

Jamais aucun de ces malheureux qui languissaient dans les cachots, aux bagnes ou aux colonies, n'avait songé à porter ses soupçons sur le père Mathurin, si simple et si naturel dans ses confidences.

Dès qu'il eut vidé son verre, il alla le payer au comptoir, puis en passant à peu de distance d'Otto Ganz, qui l'observait à la dérobée, il lui dit à voix basse :

— Suivez-moi, j'ai à vous parler.

Celui-ci se leva et sortit quelques minutes après lui. Là nuit était venue. Ils marchèrent côte à côte dans la rue sans échanger une parole. Bientôt le père Mathurin s'arrêta devant une maison dont il ouvrit la porte extérieure, puis il introduisit son compagnon dans un appartement du rez-de-chaussée, le sien.

Dès que la chandelle, placée sur la cheminée, fut allumée, Otto, par curiosité, regarda autour de lui.

L'ameublement était d'une extrême simplicité, et sur la table il y avait des journaux français et allemands.

Le père Mathurin prit, dans une armoire, une bouteille et deux verres, ensuite il approcha de la table les deux seuls siéges disponibles, et s'assit, en invitant son compagnon à faire comme lui.

— Vous vous demandez pourquoi je vous ai amené ici, dit-il ; vous ne tarderez pas à le savoir. Si je ne me trompe, vous avez été pauvre, vous l'êtes encore. Oh ! ne m'interrompez pas, je suis au courant de toutes vos petites affaires ; jugez-en. La maison Pincker et Cie vous comptait au nombre de ses employés ; un jour on vous pria d'aller recevoir une somme que vous avez gardée. Ce n'était qu'un bien petit détournement, n'est-ce pas? Cependant, informés du fait, vos patrons vous chassèrent, sans vouloir néanmoins vous dénoncer à la justice. Quels renseignements sur vous obtiendrait-on d'eux? Je ne crois pas qu'ils seraient de nature à vous faciliter l'accès d'une autre maison. Réduit à votre dernière ressource, vous avez 'vu la manne vous tomber du ciel sous la forme d'un secours envoyé par votre sœur qui habite Dresde. Depuis trois mois, ce secours vous a donné les moyens de vivre, mais aujourd'hui vous en êtes à votre dernière pièce de monnaie.

Otto Ganz parut étourdi de ce qu'il venait d'entendre, il regarda fixement son interlocuteur.

— J'ignore, dit-il, à quelle source vous puisez vos renseignements ; mais je dois convenir qu'il n'y a rien d'exagéré.

— Avez-vous songé à l'avenir qui vous est réservé? Puisqu'il n'est pas brillant, cherchez à l'améliorer.

— Si cela ne dépend que de moi, je suis prêt à tout.

— Écoutez ma proposition, c'est un moyen qui vous est offert. vous serez libre d'accepter ou de refuser; pourtant je vous engage à bien réfléchir avant de me répondre. Tenez, je vais droit au but. Le système d'espionnage des Prussiens est merveilleux dans son genre; aussi le gouvernement français a-t-il résolu de l'adopter et d'opposer la ruse à la ruse. Actuellement il s'occupe de la formation d'un corps d'espions à envoyer à la frontière. Qui peut convenir mieux qu'un Allemand? Vous pourriez librement circuler en Prusse, sans éveiller les soupçons, et recueillir mille renseignements appelés à équilibrer les chances de la victoire. On paiera largement, cela je vous le promets, et de cette campagne vous reviendrez plus riche que vous ne le supposez.

— L'idée de trahir ma patrie me sourit peu, répondit Otto en secouant la tête.

— Ah! oui, en effet, parlons-en un peu de votre patrie. Qu'a-t-elle donc tant fait pour vous? reprit avec dédain le père Mathurin. Ne pouvant y trouver aucune occupation, vous êtes venu en Angleterre, où vous avez été naturalisé, et c'est à cela seul que vous devez de n'avoir pas été appelé pour la durée de la guerre. Quand on est pauvre, il ne faut pas avoir tant de préjugés. La délicatesse est de mauvaise mise chez l'homme qui n'a pas de quoi manger, et vous, Otto Ganz, vous n'êtes pas dans une condition à vous payer le luxe d'un patriotisme exagéré.

Il tira de sa poche une bourse de cuir bourrée de bank-notes et de pièces d'or, et tandis que son compagnon ouvrait démesurément les yeux, prit une quantité de ces dernières qu'il compta et plaça devant lui.

— Voilà qui est pour vous, si vous consentez, dit-il en l'examinant. Réfléchissez! oui ou non.

L'or est et fut toujours un puissant tentateur; le combat ne fut pas long dans l'esprit d'Otto.

— Je suis trop malheureux pour ne pas accepter; je consens, répondit-il, je consens.

— Bravo! prenez ces quinze livres ainsi que cette carte. Demain, vers dix heures, vous irez à l'ambassade de France, vous la montrerez et sur-le-champ on vous incorporera. A présent, vidons cette bouteille, en-

suite nous nous séparerons, car j'ai à m'occuper d'un travail pour lequel il me faut être
absolument seul.

Huit heures sonnaient quand Otto Ganz,
légèrement gris, quitta le père Mathurin et
retourna chez Netzel. En entrant, il jeta
une pièce d'or sur le comptoir.

— Vite, qu'on me serve du johannisberg,
dit-il en élevant la voix, et qu'on me prépare
le plus fin souper possible. Oh ! vous n'avez
pas besoin de me regarder ainsi, camarades,
je n'ai pas fait une grosse fortune ; mais j'ai
assez d'argent pour vous payer ce qu'il vous
plaira de demander. Ordonnez, faites-vous
servir, je ne ferai qu'acquitter une partie de
mes dettes, car, depuis que je suis sans
place, j'ai certainement bu au compte de
vous tous.

L'étonnement fut général ; un murmure
approbateur accueillit la proposition.

— Moi aussi je vais à la guerre, continua-
t-il en s'adressant à Wilhelmine et se rappro-
chant d'elle. J'ai bon espoir que nous nous
rencontrerons et que vous apprendrez à me
connaître plus avantageusement. Allez, je
suis bien certain que nous deviendrons les
meilleurs amis du monde.

— Peut-être; dans tous les cas, l'avenir nous le prouvera, répondit la jeune fille.

Otto alla s'asseoir à la table sur laquelle on avait dressé son souper, et entama la conversation avec les autres habitués qui l'entouraient. Bientôt il fut le roi de la fête, et l'on vida bon nombre de choppes à sa santé, à ses succès, etc., etc.

Le lendemain, après une nuit d'insomnie, il se présenta à l'ambassade à l'heure indiquée par le père Mathurin, et, sur la présentation de la carte, fut immédiatement introduit dans le cabinet du chargé d'affaires qui, tout en le questionnant, prit note de son signalement.

— Ainsi, dit-il ensuite, vous acceptez de vous rendre en Prusse pour servir le gouvernement que je représente?

— Oui, monsieur, et j'ai bon espoir que l'on sera content de moi.

— Vous paraissez taillé, en effet, pour le métier que vous allez faire. Je vous crois suffisamment de ruse et d'astuce. Le père Mathurin, qui vous envoie, vous a déjà remis quinze livres. Voici un billet de cinq cents francs qui servira à couvrir vos frais jusqu'à Metz, où vous devez vous rendre sans retard.

Aussitôt arrivé, vous chercherez à voir le général Monjean à qui vous délivrerez la lettre que je vais vous donner, car c'est de ce général que vous recevrez ultérieurement toutes vos instructions. Comme il vous faut un sauf-conduit, je vais vous donner également un passeport au nom de Gilbert Vautrin, afin que vous ne soyez pas inquiété par notre armée. Ne séjournez pas dans Paris, je vous y engage.

Après lui avoir remis tout ce qu'il avait énoncé, le chargé d'affaires le congédia

Otto croyait pouvoir faire une dernière visite à la brasserie Netzel ; mais, à la porte de l'ambassade, il trouva le père Mathurin qui l'attendait et qui lui dit:

— A présent que l'engagement est régularisé, je ne vous lâche plus ; vous partez immédiatement. Le train direct, qui part dans une heure au plus tard, correspond à Douvres avec le paquebot, qui lui-même correspond avec le chemin de fer à Calais. Une.fois là, voici votre itinéraire, je l'ai noté pour vous.

Quoique vexé, Otto Ganz ne fit aucune objection ; il se laissa conduire à la gare de

Charing-Cross. Trois heures plus tard, il arrivait à Douvres, où il s'embarquait sur le paquebot en partance.

V

LA CHAUMIÈRE ABANDONNÉE.

Le 15 août, Otto Ganz arriva à Metz, transformé en un immense camp.

La veille, deux combats avaient été engagés, l'un à Pange, l'autre à Borny, entre l'arrière-garde de Bazaine et le 1er et le 7e corps de l'armée prussienne ; les troupes avancées du prince royal occupaient déjà Nancy, Commercy, Bar-le-Duc, Saint-Dizier et Vitry ; Tout avait été investi et bombardé.

On amenait les blessés par centaines ; aussi les bâtiments destinés à les recevoir ne suffisant plus, il fallait avoir recours aux maisons particulières.

Malgré ce tableau sinistre, les visages étaient calmes, le meilleur esprit animait nos troupes ; on avait encore confiance, et nul ne supposait que ces premiers désastres seraient suivis de malheurs plus épouvantables.

En sortant de la gare, Otto aperçut un militaire qu'il reconnut pour Georges Delcourt. Il s'approcha de lui et lui prit familièrement le bras, au grand ébahissement de celui-ci.

— Par quel hasard vous trouvez-vous à Metz ? demanda Georges. Quand j'ai quitté Londres, il n'était aucunement question de votre départ. Donnez-moi vite des nouvelles de Wilhelmine.

— Elle est partie un jour après vous. Conduisez-moi à l'endroit où je pourrai trouver le général Monjean, qu'il faut que je voie, et, en marchant, je vous mettrai au courant de ce qui s'est passé depuis votre absence.

— Nous n'avons qu'à suivre la route, droit devant nous. A présent, parlez, oh ! parlez ! dit Georges très-ému.

— A cette heure, la fille de Netzel doit être dans les rangs prussiens; elle a voulu obsolument être incorporée dans la légion des *ambulancières ;* oui, elle a été prise d'un désir subit de soigner les malades, les blessés.

— Ah! c'est une nature d'élite. Quel dévouement! cette touchante abnégation lui fait honneur.

— Sans doute, et si le hasard me la fait rencontrer, je ne manquerai pas de la complimenter en votre nom.

— Mais, où espérez-vous donc la voir? demanda Georges dont une idée subite troublait l'esprit.

— Chez les Prussiens, où je serai bientôt. Je ne suis venu que pour cela. Comprenez-vous que je risque ma tête à ce jeu-là; mais, entre nous, c'est si peu de chose. Si je succombe, ce sera un homme de plus à la mer. Ma foi, les uhlans et les éclaireurs n'en usent pas autrement. C'est le général Monjean qui doit me dire ce que j'ai à faire. Quand je me serai entretenu avec lui, très-probablement j'irai du côté de Saint-Avold.

Un moment, Georges eut la pensée de s'éloigner de cet homme, qui, à présent, lui inspirait du dégoût. Il ne pouvait admettre qu'il songeât à trahir son pays; il se contint néanmoins et répondit :

— Le métier que vous vous disposez à exercer a ses dangers, et ils sont incommensurables; je vous souhaite la réussite. Quant à moi, dès que je fus à Châlons, on parut si satisfait de mes connaissances et de mes moyens que l'on me comprit aussitôt dans le détachement envoyé ici. De jour en jour, nous nous attendons à donner; les uns prétendent que la grande affaire est pour demain, d'autres qu'elle est retardée jusqu'à l'arrivée de troupes de soutien. D'un autre côté, on croit que nous allons évacuer Metz et chercher un point de jonction avec l'armée de Châlons, afin d'établir une longue ligne de défense destinée à empêcher le mouvement des Prussiens sur Paris.

Un roulement de tambour rappela à Georges qu'il était commandé de service et devait, avec sa compagnie, aller prendre possession d'un des postes avancés; la parade aurait bientôt lieu. Ils se séparèrent. Otto Ganz se fit indiquer la tente du général Monjean avec qui peu après il eut une entrevue.

Quelques heures plus tard, on aurait pu le voir sortir de Metz, comme un paysan de la haute Alsace.

Le soir même, un grand mouvement se fit dans Metz ; Bazaine semblait décidé à évacuer la ville. Afin de protéger la retraite, de nombreuses troupes s'échelonnèrent le long de la Moselle. Le maréchal avait projeté de se concentrer à Verdun ou à Étain, sur la route de Châlons ; mais les Prussiens traversèrent la rivière à Pont-à-Mousson pour faire échouer tous ses plans, et, le 16 août, les deux armées se rencontrèrent.

Les Français furent repoussés jusqu'à Vionville, et l'ennemi occupa toutes les routes conduisant à Verdun.

Le 18 du même mois, on livra la mémorable bataille de Gravelotte! A dix heures, la division à laquelle appartenait Georges prit part à l'action. De part et d'autre, on se battait avec acharnement, le courage de nos braves soldats était décuplé. Deux fois, Georges eut l'honneur de sauver la vie à son colonel ; sur le champ de bataille, on le nomma caporal, puis sergent.

Malgré une résistance inouïe, héroïque, le soir, les Français furent refoulés dans Metz.

Rien ne pouvait être opposé, avec quelques chances de succès, à la tactique des Prussiens, qui avaient toujours des troupes fraîches à mettre en avant ; on eût dit que les hommes sortaient de terre.

Cette nouvelle défaite éprouva beaucoup Georges ; malgré lui des larmes s'échappèrent de ses yeux.

Bazaine, enfermé dans Metz, n'avait plus d'espoir qu'en Mac-Mahon ; le conseil se réunit pour délibérer sur ce qu'il y avait à faire, et il fut décidé que quelques hommes sûrs, munis d'un message verbal, partiraient de différents points et se dirigeraient vers le camp de Châlons.

Georges Delcourt, que sa conduite énergique et sa bravoure avaient fait remarquer, fut désigné. Connaissant l'anglais, il pourrait se dire le correspondant d'un journal d'outre-Manche et passer partout sans être inquiété.

Le lendemain, tout équipé, il se mit en route ; il était fier de la confiance qu'on avait en lui.

Parlons un peu de Wilhelmine, à présent. La tâche qu'elle avait entreprise n'était pas

jeu d'enfant. Les combats étaient si fréquents
que le corps des ambulances n'y pouvait
plus suffire. On avait envoyé la jeune fille
dans les environs de Metz. Nous la retrou-
vons sur le champ de bataille de Gravelotte
occupée à donner ses soins aux malheureux
que l'on ne pouvait transpcrter.

Elle s'était peu à peu détachée de ses com-
pagnes, elle ne s'en aperçut que lorsque la
nuit fut venue.

Après avoir épuisé l'eau, la charpie, les
bandes et les médicaments qu'elle avait ap-
portés, Wilhelmine se disposait à retourner
sur ses pas quand deux hommes surgirent
devant elle; en même temps la lune se montra.

— Tiens, s'écria l'un d'eux, c'est Wilhelmine Netzel. Quelle heureuse rencontre!

— Otto Ganz! fit la jeune fille, saisie d'é-
pouvante, vous ici!

— Mais, oui, et avec un ami véritable,
qui dit, pense et agit comme moi, ajouta-t-il
en désignant son compagnon, homme de
haute taille, d'une maigreur excessive et
revêtu d'une soutane. C'est égal, j'avais un
bon pressentiment quand je vous disais à
Londres que nous nous retrouverions. Je

suis si heureux de vous avoir revue que je ne veux plus me séparer de vous!

— Que venez-vous donc faire ici? vous ne portez pas l'insigne des ambulances, dit la jeune fille avec véhémence. Oh! je ne le devine que trop maintenant, vous êtes un espion.

— Silence, mille tonnerres! il y a trop d'oreilles autour de nous, répondit-il en s'avançant.

— Arrière! ne m'approchez pas, ou j'appelle à mon secours, s'écria-t-elle en se reculant.

Le compagnon d'Otto, dont la soutane n'était qu'un déguisement pour mieux circuler au milieu des morts et des mourants et les dépouiller, s'était déjà placé derrière elle. Sur un signe d'Otto, il la bâillonna avec un foulard et l'enleva de terre, puis les deux ravisseurs s'éloignèrent à grands pas.

Wilhelmine avait perdu connaissance; le bruit d'une détonation la fit revenir à elle. En ouvrant les yeux elle reconnut qu'elle se trouvait assise dans une chaumière; sur le seuil de la porte se tenait Otto Ganz, il avait encore à la main le revolver dont il venait de se servir.

— Ne tirez plus ! cria une voix du dehors qui fit tressaillir la jeune fille, je suis un Français et un ami. Je me suis égaré et je viens vous demander l'hospitalité jusqu'au jour ; vous ne pouvez me la refuser.

Et celui qui avait parlé entra dans la chaumière. Wilhelmine ne s'était pas trompée, c'était Georges. En le reconnaissant, elle voulut s'élancer vers lui. Dès qu'il l'aperçut sa stupéfaction fut grande.

— Wilhelmine ici ! s'écria-t-il, et avec Otto Ganz qui a fait feu sur moi ; qu'est-ce que cela signifie ?

— Georges ! Georges ! sauvez-moi, ce sont deux misérables ! dit la jeune fille frémissante.

— Si vous avancez d'un pas de ce côté, dit l'espion en dirigeant sur elle le canon de son revolver, je l'envoie rejoindre tous ceux que ses soins n'ont pu arracher à la mort. Nous sommes deux à l'aimer, et j'ai juré qu'elle ne serait pas à vous, monsieur Georges Delcourt ; je tiendrai mon serment, coûte que coûte.

— Oh ! murmura Georges pâle de colère, la Providence ne m'a pas amené jusqu'ici sans un secret dessein.

Il glissa ses mains dans les poches de son paletot et les sortit armées chacune d'une revolver.

— Trève de menaces ! s'écria-t-il en ajustant les deux hommes ; lâchez cette arme, maître Ganz, ou aussi vrai que je suis un homme de cœur et vous un vil espion, je vous loge une balle dans la tête.

Otto Ganz était lâche, il se troubla, frissonna ; puis sa main s'ouvrit et le pistolet tomba.

Wilhelmine le ramassa vivement et se jeta dans les bras de son sauveur.

Tout à coup, un bruit de pas nombreux se fit entendre au dehors, puis les vitres de la fenêtre volèrent eu éclats pour livrer passage à plusieurs canons de fusils braqués sur nos quatre personnages et, par la porte, entrèrent, au même instant, plusieurs soldats prussiens,

Ce dénouement imprévu atterra Georges, qui se laissa désarmer sans opposer la moindre résistance. Vingt dreyses menaçaient sa poitrine et celle de sa fiancée ; il se sentait vaincu par le nombre.

— Arrêtez-le, s'écria Otto Ganz en allemand, c'est un espion français !

— Oh l'infâme ! dit Wilhelmine en jetant un cri d'effroi, puis, se tournant vers le chef du détachement, elle ajouta : Je suis votre compatriote, et, comme vous pouvez vous en convaincre, attachée à la Société de secours. Ces misérables ont abusé de leur force pour me contraindre à les suivre, et, sans l'arrivée de ce sauveur inespéré, je ne sais ce qu'ils eussent fait de moi.

— Tout s'expliquera devant le colonel, répondit le chef des Prussiens ; puis, s'adressant à ses hommes, il ajouta : Vous allez rester ici au nombre de six et garder ce poste d'observation, pendant que nous allons conduire au camp les quatre prisonniers.

Otto parut chercher à s'éloigner ; mais il en fut empêché par une baïonnette qui le menaça.

Sur un ordre de leur chef, les soldats entourèrent les quatre personnages qu'ils emmenèrent.

— C'est pour moi qu'il s'est perdu, se disait Wilhelmine en regardant Georges avec une ineffable tendresse, tandis qu'il lui souriait tristement ; je le sauverai, oui, je le sauverai.

Pendant que la petite troupe se dirigeait

vers le camp prussien, le compagnon d'Otto tenta de s'enfuir.

Trompant la vigilance de ceux qui le gardaient, il prit son élan et se mit à courir à travers champs.

On ne le poursuivit pas ; mais au moment où il allait disparaître à l'entrée d'un petit bois, une détonation retentit et on le vit tomber pour ne plus se relever. Le jour paraissait.

VI

LE STRATAGÈME DE WILHELMINE.

Après trois quarts d'heure de marche, on arriva aux avant-postes où le chef du détachement se fit reconnaître ; puis à l'endroit où campaient les 8ᵉ et 9ᵉ corps de la garde royale de Prusse.

Les trois prisonniers furent séparés immédiatement et interrogés à l'insu l'un de l'autre.

Le colonel chargé de ce service, après lui avoir adressé quelques questions, rendit la liberté à Wilhelmine et, par un de ses plan-

tons, fit reconduire la jeune fille à l'ambulance principale.

Otto Ganz fut amené ensuite. Que se pas-
sa-t-il entre lui et l'officier prussien ? Nul ne
le sut jamais. L'entrevue dura un quart,
d'heure environ. Au bout de ce temps, Otto
sortit de la chaumière ; il avait l'air tout
souriant, il était muni d'un sauf-conduit.

N'avait-il pas commis une infamie en dé-
voilant tout ce qu'il savait sur la position de
notre armée ? Pour le moment, laissons-le
s'éloigner ; nous le retrouverons.

Le tour de Georges Delcourt étant venu ;
on l'introduisit dans la pièce où se tenait le
colonel assis devant une table sur laquelle
étaient étalés plusieurs plans.

Deux soldats coiffés du casque à para-
tonnerre et couverts de la tunique bleue res-
tèrent à ses côtés.

— Les papiers que l'on a saisis sur vous,
dit le colonel en relevant lentement la tête
et en regardant fixement la belle physionomie de Georges, m'apprennent que vous vous
nommez Nathan Brown. Au surplus, je cons-
tate que le signalement est très-exact. Vous
appartenez à la presse britannique. Quel

journal représentez-vous? Tout ceci fut dit dans un excellent français.

— Le *Globe* de Londres, répondit le jeune homme.

— Cependant ce journal n'a aucun correspondant autorisé par nous. Votre passeport que j'ai sous les yeux, reprit le colonel en le lui montrant, est faux, jamais le ministre du Foreing-Office ne l'a délivré. Je sais de plus que vous ne vous appelez pas Nathan Brown mais bien Georges Delcourt; enfin, l'on m'a informé que vous êtes sergent dans l'armée française, que vous appartenez à l'un des régiments placés sous le commandement du maréchal Bazaine qui ont dû se réfugier dans Metz. C'est fâcheux pour un patriote aussi brave et aussi dévoué que vous l'êtes; mais rien ne peut vous sauver, vous serez fusillé.

A ces paroles le cœur du jeune homme se serra; un frisson parcourut tout son être.

Un moment il courba tristement la tête sous le coup qui l'accablait, puis, après avoir donné une pensée à tous ceux qu'il aimait il la releva avec fierté en s'écriant :

— Je ne suis pas un espion ! pourquoi me condamner à mourir ?

— Vos papiers ne sont pas en règle.

— Est-ce donc là un motif suffisant ?

— Oui certes. Vous êtes bien le sergent Georges Delcourt?

— Je ne le nie pas ; mais je vous adjure de reconnaître que je ne suis pas un espion.

— Pourquoi prendre des noms et une qualité que vous n'avez pas? L'espion n'en use jamais autrement.

Georges se sentit vaincu par cet argument.

— Seriez-vous, par hasard, un envoyé particulier à destination de Châlons, peut-être?

— Je suis un imprudent qui a trop présumé de son courage et de ses moyens.

— Voyons, vous pouvez encore avoir la vie sauve ; mais vous resterez notre prisonnier et, comme tel, serez conduit en Prusse pour y être interné. Expliquez-moi la nature du message verbal qui vous a été confié.

— Je ne suis chargé d'aucune mission, répondit Georges qui se redressa orgueilleusement.

— Il vous sera difficile de sortir de cette impasse ; puisque vous ne voulez rien avouer je ferai ce que le devoir m'ordonne. Avant le coucher du soleil, il sera procédé à votre exécution. Vous avez donc plusieurs heures devant vous pour vous recommander à Dieu. Si vous voulez écrire à ceux que vous avez quittés, on vous en procurera les moyens. Vis-à-vis de vous, je m'engage à faire parvenir votre lettre à son adresse. Souhaitez-vous voir un ecclésiastique, un membre de votre religion ? Parlez, je pourrai vous en envoyer un.

Puis, l'officier prussien fit un signe aux deux soldats qui portèrent l'arme.

— Réfléchissez, reprit-il en regardant Georges, ces hommes vous attendent.

Georges ne répondit rien et se laissa emmener machinalement vers la cabane qui devait lui tenir lieu de cachot. Il eut à traverser le camp et une double haie de soldats avant d'y arriver. Contrairement à son attente, il ne fut l'objet d'aucun sarcasme, d'aucune manifestation hostile. Le bruit s'était déjà répandu qu'il était espion de la France, et chacun semblait jeter sur lui des regards de pitié.

Quand on lui demanda s'il avait besoin de quelque chose, il répondit négativement et s'assit sur un escabeau, où durant quelques instants il demeura triste et pensif.

Si brave que soit un homme, en présence d'une mort de ce genre, il se trouble toujours.

Georges songea d'abord à son père, à sa mère et à sa sœur, qui, en apprenant sa disparition, recevraient un coup terrible, sans pourtant connaître son sort fatal; n'allait-il pas mourir ignoré ?

Ensuite sa pensée se porta sur Wilhelmine, qu'il perdait de nouveau après l'avoir retrouvée, et qui ne se consolerait probablement jamais d'avoir été la cause involontaire de sa fin tragique.

Il se leva subitement et marcha avec agitation.

— Puisqu'il le faut, murmura-t-il en tournant vers le ciel des regards consternés, puisque cette épreuve m'était réservée, puisque nulle main amie ne saurait me fermer les yeux, j'aurai du courage, de l'énergie, et je saurai montrer à ces maudits comment on meurt quand on ne veut pas trahir sa patrie.

Soudain il entendit une vive canonnade,

puis des roulements de tambours mêlés aux sons des clairons.

Tout ce bruit venait du côté de Metz. Les Français attaquaient-ils leurs ennemis ou se défendaient-ils contre une invasion nouvelle?

Georges écouta avec anxiété; il se perdait en conjectures et son cœur bondissait dans sa poitrine.

Non loin de la cabane se faisait un grand mouvement; les troupes paraissaient se remettre en marche, et se diriger vers le point d'où était partie la première détonation.

Comme il maudissait la distinction dont il s'était vu l'objet, la mission dont on l'avait chargé, enfin la destinée qui l'avait séparé de ses compatriotes au moment de vaincre ou de mourir avec eux, la porte de la cabane s'ouvrit et la sentinelle introduisit une femme.

En reconnaissant Wilhelmine, Georges jeta un cri de joie et reprit un peu d'espoir.

Quoique calme en apparence, la jeune fille était extrêmement pâle.

— O mon bon ange, dit-il en lui tendant les bras, c'est le ciel qui vous envoie.

— Oui, Georges, le ciel seul a pu m'inspirer. Écoutez-moi vite, car nous n'avons pas une seconde à perdre. On se bat au loin, il y a, en ce moment, un sérieux engagement. J'ai voulu profiter des manœuvres de l'armée pour venir vous délivrer. Oh ! j'avais si peur d'arriver trop tard.

— Ai-je bien entendu ? Mais le factionnaire qui est au dehors ?

— Rien à craindre de lui. Il se jetterait dans le feu pour me rendre service, car mes soins lui ont sauvé la vie. Son régiment fait déjà route vers Metz, on a oublié de le relever, et il attend qu'on vienne. Nous pouvons être tranquilles, il ne tentera rien contre nous ; il vous secondera plutôt pour faire réussir mon plan.

— Mais comment comptez-vous me rendre à la liberté ?

— Voyez, Georges, et comprenez ; surtout pas de scrupules.

En parlant ainsi, elle retira de dessous sa jupe une tunique et un pantalon bleus, plus un sabre qu'elle s'était fixé à la ceinture ; ensuite elle sortit de sa poche une calotte ; un brassard portant la croix rouge sur fond blanc et un paquet d'allumettes.

— Vêtissez à la hâte cet uniforme au grand complet, puis vous mettrez le feu à cette cabane qui sera bientôt réduite en cendres. Les soldats de Fritz, qui forment l'arrière-garde, ne tarderont pas à passer par ici; il faut que tout le monde croie que vous avez péri dans cet incendie. Dès que vous serez prêt, sortez. Grâce à cet uniforme qui m'a été laissé par un malheureux mort à l'ambulance et surtout à cet insigne respecté de tous, vous pourrez vous éloigner sans éveiller les soupçons. C'est tout ce que je puis pour vous, le reste vous regarde, seulement hâtez-vous. Que Dieu vous protége et nous rende bientôt l'un à l'autre.

Georges pressa ardemment la jeune fille sur son cœur, ensuite il la baisa au front; puis il la laissa partir.

Dès qu'il se retrouva seul, il suivit ses instructions, et tout se passa comme elle l'avait prévu.

Une épaisse fumée enveloppait déjà la cabane quand il en sortit recouvert de l'uniforme prussien.

A cent pas, il s'arrêta et se retourna pour contempler son œuvre. Les flammes s'échappaient de l'intérieur de sa prison vers laquelle accouraient les soldats d'avant-garde du corps d'armée de réserve. Déjà on organisait des secours; mais au bout d'un instant la cabane s'effondra et ce ne fut plus qu'un amas de ruines fumantes et enflammées qui scellait à jamais le secret de son évasion.

VII

L'ENVOYÉ DE BAZAINE.

Georges marcha pendant près d'une heure et, ne rencontrant aucun obstacle, réussit à sortir des lignes prussiennes.

A un demi-kilomètre plus loin, il aperçut, attachés à des arbres, des chevaux sellés et bridés. Il regarda prudemment autour de lui et constata l'absence complète des cavaliers auxquels ils appartenaient et qui faisant, sans nul doute, une reconnaissance dans les environs, avaient omis de laisser quelqu'un pour garder leurs montures.

Un tel oubli paraissant invraisemblable,

peut-être celui-ci avait-il dû s'éloigner pendant quelques minutes.

Georges détacha promptement un des chevaux, se mit en selle, et partit à une allure vertigineuse. Il traversait un champ peu éloigné de là quand deux détonations se firent entendre derrière lui.

Une balle siffla à son oreille; au même instant, une autre le décoiffa.

Tournant ses regards vers le ciel, il remercia mentalement la Providence de l'avoir protégé.

D'autres détonations suivirent; mais elles furent sans effet, il se trouvait à l'abri des balles ennemies.

Un peu plus loin, il s'arrêta pour retirer l'uniforme qu'il jeta sur la route.

A la nuit, brisé de fatigue et tourmenté par le besoin, il arriva à Villers-sur-Meuse. Sur sa demande, on le conduisit chez le maire qui, apprenant son aventure et la mission dont il était chargé, le contraignit presque à s'asseoir à sa table et à accepter l'hospitalité qu'il lui offrait de bon cœur.

Georges accepta. Entre onze heures et minuit, il repartit avec une monture fraîche, celle sur laquelle il était venu refusant le service.

Enfin il entra dans Châlons. Cette ville pleine de troupes offrait le même aspect que Metz aux premiers jours d'août, avant les désastres de Woerth et de Wissembourg. Déjà les baraques du camp avaient été incendiées; l'armée de Mac-Mahon paraissait se concentrer.

— Où trouverai-je le maréchal? Demanda Georges à un chef de poste.

— Je vais vous faire conduire au quartier général où il est actuellement en conseil avec l'Empereur et les officiers généraux, répondit celui-ci, et il ajouta : Mettez pied à terre, on prendra soin de votre monture.

« Vous venez en mission ?

— Oui, j'arrive de Metz, j'ai été fait prisonnier par les Prussiens, et j'ai failli être passé par les armes. Vingt fois j'ai échappé à la mort et le récit de mes aventures serait curieux à entendre.

— Mais il faut nous en gratifier; je vous attends après votre entrevue avec le maréchal. Mes camarades et moi nous serons heureux de presser la main d'un brave tel que vous.

— Je ne suis qu'un simple sergent d'infanterie.

— Peu importe. Si vous n'avez pas l'épaulette, vous seriez digne de la porter, et on vous la donnera. A bientôt.

En arrivant au quartier général, Georges reconnut Mac-Mahon qui donnait des ordres à un planton.

Quittant aussitôt son guide, il s'avança vers le chef de l'armée de Châlons.

— Que me voulez-vous, mon jeune ami? demanda le maréchal surpris.

— Georges s'était découvert avec déférence, il répondit :

— Quelques minutes d'entretien, comme interprète du maréchal Bazaine.

— Quoi, cette tenue civile cache un brave de l'armée du Rhin ?

— Notre maréchal a bien voulu me confier à votre adresse un message et quelques instructions; j'ai traversé les lignes prussiennes et si j'ai pu arriver jusqu'à vous, je ne le dois qu'à un miracle, à l'intervention de la Providence.

— Suivez-moi, mon ami, reprit le maréchal en lui souriant; bonnes ou mauvaises, je ne veux pas être seul à entendre les nouvelles apportées par vous.

Le quartier général était dans le principal hôtel de la ville. Des piquets de cavaliers attendaient dans la grande cour, prêts à porter les ordres d'une extrémité à l'autre du corps d'armée; des officiers de toutes armes et de tous grades allaient et venaient, les estafettes se succédaient sans relâche, tout semblait annoncer un mouvement prochain.

Mac-Mahon introduisit Georges Delcourt dans la salle où siégeait l'Empereur entouré de son état-major.

Tous étaient assis devant une table chargée de papiers, de cartes, de dépêches, de plans, etc., etc.

— Voici un envoyé de Bazaine, dit le maréchal en entrant. Il va nous renseigner exactement sur la position.

— Parlez vite, jeune homme; apprenez-nous ce que devient notre belle armée du Rhin. Voyez cela, maréchal, dit Napoléon III.

— Les Prussiens sont maîtres de tous les chemins qui commandent Etain et Verdun, et de Pont-à-Mousson à Briey ils ont massé

des forces imposantes, dit Georges en se tournant vers Mac-Mahon. Les différents combats
que nous avons livrés ont donné lieu, dans
les rangs ennemis comme dans nos rangs, à
de très-grandes pertes. Repoussée continuel-
lement par des troupes en nombre toujours
croissant, notre armée s'est vu toute retraite
coupée ; acculée sur tous les points, elle a dû
se réfugier dans Metz où, cernée aujour-
d'hui, il lui est impossible de tenter un mouvement. La ville est investie et sans doute
bombardée à l'heure qu'il est.

— Voilà ce qu'on peut appeler de mauvaises nouvelles, dit un colonel de cuirassiers
qui ajouta : nous y étions préparés.

— Le maréchal Bazaine demande instamment que l'armée de Châlons vienne le
délivrer, continua Georges.

— Mais j'ai l'intention de me replier sur
Paris, fit observer Mac-Mahon dont le visage
se rembrunit. Déjà la capitale est menacée
par le prince royal. S'il faut qu'il arrive malheur à ma jeune armée de Châlons, Dieu
seul pourra venir en aide à la France. Aller
au secours de Bazaine est un péril imminent.
Que Votre Majesté daigne jeter les yeux sur
cette carte, dit-il en s'adressant à l'Empereur

pendant que tous les officiers de l'état-major se consultaient. Il nous faudrait marcher sur Sedan, et si une rencontre a lieu dans le voisinage de Carignan ou de cette ville même avant que nous puissions être sûrs de la position, si cette rencontre est malheureuse, si la fatalité qui nous poursuit veut que nous soyons battus...

— Toujours ce mot! s'écria le général Wimpfen qui se tenait à côté de l'Empereur.

— Je veux bien le modifier, reprit le maréchal avec indifférence, si nous sommes dans la nécessité de nous replier en bon ordre, nous aurons le choix entre nous faire tailler en pièces, capituler ou chercher un refuge sur un terrain neutre. Dans les deux derniers cas, nous devrons rendre nos armes, à moins qu'il nous plaise de ne pas respecter la neutralité belge et d'embrouiller nos rapports avec l'Angleterre.

— Non, ce serait par trop imprudent, dit Napoléon III. L'Angleterre est un géant endormi dont il faut craindre de troubler le sommeil. Palikao et Trochu ont télégraphié de Paris que la défense est supérieurement organisée. Ils verraient avec joie la jonction des deux armées ; allons tenter de délivrer Bazaine.

— Sire, j'ai compris. Des ordres, vont être donnés pour que, demain, votre quartier général soit à Reims. Quant à mes *moblots*, je réponds qu'ils me suivront partout.

— Maréchal, reprit Napoléon, parlant avec véhémence, sans tenir aucun compte de la présence de Georges, mon fidèle Piétri et Sa Majesté l'Impératrice m'ont informé du mécontentement général qui règne à Paris. Déjà, on jette le cri de *déchéance*. Survienne un nouveau désastre, 89 et toutes ses horreurs renaîtront. Gambetta, Jules Favre, Rochefort et Flourens ont déjà donné lieu à une division bien marquée. Si nous remportions une victoire, l'aspect des affaires changerait complétement. Une fois réunies, les deux armées du Rhin et de Châlons s'encourageront mutuellement et repousseront les envahisseurs au delà des Vosges.

— Sire, jamais, je le crains, nous ne pourrons arriver jusqu'à Bazaine. La tactique de nos ennemis me le prouve, et, dès le début de cette guerre fatale pour la France, ils se sont montrés bien supérieurs à nous.

— Mais la fortune peut encore venir à notre aide, fit observer très-judicieusement l'Empereur qui, apercevant Georges en se retournant, ajouta : Je ne pensais déjà plus à vous, jeune homme ; quel est votre nom ?

— Georges Delcourt, sire. Avant la guerre j'étais employé de commerce, depuis, je me suis engagé volontairement pour contribuer à la défense de ma patrie, bien que ma famille ait quitté la France à la suite du coup d'Etat de 1852.

— Quel est votre grade dans l'armée ? reprit Napoléon, après avoir froncé le sourcil.

— Je suis sergent au —ᵉ de ligne, sire.

— Sergent, non, vous avez voulu dire sous-lieutenant ; car les épaulettes d'or ne sauraient être mieux portées !

— Oh ! sire ! balbutia Georges qui ressentit une vive émotion.

— Je n'ai rien à voir dans vos opinions qui doivent être celles de votre père, un républicain enragé ou un fervent défenseur de la cause d'Orléans, si j'en juge par ce que je viens d'entendre. Mais je veux récompenser votre bravoure et votre dévouement. Vous avez rempli avec zèle la mission qui vous était confiée et vous êtes digne d'entrer dans la Légion d'honneur. Je vous nomme chevalier de cet ordre, ajouta-t-il en fixant sur sa poitrine une croix qu'il retira d'un petit coffret en ébène sculpté aux armes impériales. Quel que soit l'avenir que Dieu nous réserve, ne vous séparez jamais de ce gage de valeur, et si vous entendez blâmer la conduite de Napoléon III, souvenez-vous que, par son entourage, il fut entraîné plus loin qu'il n'eût voulu.

Georges s'inclina sans pouvoir prononcer un mot. Les officiers de l'état-major l'entourèrent alors pour le complimenter. Quand il sortit, un officier d'ordonnance le conduisit au campement du régiment auquel il était attaché par suite de sa promotion, régiment désigné pour accompagner l'Empereur à Reims; le départ décidé devait avoir lieu dans le cours de la même nuit.

VIII

LA CAPITULATION DE SEDAN.

Le mouvement stratégique dirigé par Mac-Mahon, à qui nos jeunes troupes paraissaient tout heureuses d'obéir, eût été couronné de succès, sans le retard apporté à la marche de l'armée par la présence de l'Empereur et de son personnel.

En peu de jours, on atteignit le voisinage de Stenay et de Carignan ; de Failly se posta à Beaumont, et négligea d'envoyer un nombre suffisant de grand'gardes; aussi, comme toujours, un matin, à l'heure de la soupe, les Prussiens le surprirent-ils et l'attaquèrent-ils vigoureusement. La lutte dura jusqu'à la nuit ; pris à l'improviste, nos soldats se battirent avec courage, la retraite sonna assez à temps pour empêcher la déroute complète qui était à craindre. Mac-Mahon comprit que, désormais, sa marche se trouvait entravée.

Le lendemain, il y eut un combat à Carignan, l'armée entière fut repoussée et refoulée vers Sedan, où l'attendait une agglomération de forces allemandes. Le 1er septembre, la bataille inévitable eut lieu, le choc fut terrible, des régiments entiers furent dispersés; mais, par bonheur, l'infanterie de marine, qui se distingua par une héroïque résistance, réussit à protéger la retraite. L'armée dut chercher un refuge dans Sedan; plus de cent mille hommes y entrèrent, ils ne devaient plus en sortir que prisonniers.

Le même jour, le malheureux village de Bazeilles, situé entre Douzy et Sedan, et vigoureusement défendu par l'infanterie de marine unie à la garde nationale de la localité, fut pris par les Allemands, sous le commandement du général von der Thann, au prix d'énormes pertes. Les courageux habitants furent massacrés, leurs maisons incendiées à la torche, par ces hordes de barbares déchaînés contre eux, et qui, ne respectant rien, égorgèrent sans pitié les vieillards, les femmes et les enfants. De pareils faits, de pareils crimes de lèse-humanité ne crient-ils pas vengeance? Pauvres martyrs!

Georges Delcourt avait été blessé non loin de Mac-Mahon, qu'un éclat d'obus était venu frapper à la cuisse.

Jugeant tout perdu, l'Empereur résolut de se rendre aux Prussiens avec les débris de l'armée. On prétendit alors qu'il y avait un secret accord entre lui et le ministre Bismark relativement à un retour, la famille royale de Prusse ayant beaucoup à appréhender si le parti républicain venait à régner en France.

Napoléon III, après avoir rendu son épée au roi Guillaume, partit, en compagnie des généraux Douai et Lebrun, pour Wilhem - shohe, la résidence qui lui était assignée pour toute la durée de sa captivité en Prusse. C'était ainsi que le premier de ces deux généraux entendait venger son frère mort si glorieusement à Wissembourg.

Après avoir passé par les mains du général Ducrot, le commandement en chef de l'armée était revenu à Wimpffen comme plus ancien de grade. Ce général signa la capitulation qui mettait la ville de Sedan hors de danger, mais qui, par contre, livrait à l'ennemi cent vingt mille hommes environ, nos drapeaux et notre artillerie.

Lorsque la fatale nouvelle fut connue de l'armée, des pleurs s'échappèrent de tous les yeux; la honte et la douleur accablaient les esprits. Pour se soustraire aux conditions cruelles imposées par le vainqueur, des officiers se suicidèrent. Les soldats brisèrent leurs armes, les artilleurs, à coups de hache, mirent en pièces les mitrailleuses, les cavaliers abandonnèrent leurs chevaux ou les précipitèrent dans les fossés et les ravins pour que l'ennemi n'en profitât pas et pour diminuer d'autant son butin; quelques drapeaux mêmes furent enterrés.

Le dimanche, ce nouveau malheur fut, dans Paris, le sujet de toutes les conversations. L'Empereur fut déclaré déchu par Gambetta, Jules Favre et plusieurs autres chefs républicains. On proclama la République, l'Impératrice Eugénie prit la fuite, et Piétri parvint à se soustraire aux recherches de ceux qui le poursuivaient.

Pendant ce temps les Prussiens marchaient avec la régularité d'un chronomètre et s'avançaient sur la capitale qu'ils investissaient le 18 septembre, et devaient bientôt bombarder.

Le lendemain de la capitulation, les villages de Remilly et de Douzy étaient remplis de blessés. Ce fut dans un château voisin de cette dernière localité qu'on transporta Georges Delcourt, blessé grièvement à l'épaule droite, blessure qui, fort heureusement, n'entraîna pas l'amputation. Durant plusieurs heures, il était resté étendu sur le champ de bataille, à l'endroit où il avait été renversé.

Le nombre des blessés était tel, que pendant plusieurs jours, les routes conduisant à la frontière belge furent encombrées par les véhicules de toutes sortes réquisitionnés pour leur transport.

Et encore beaucoup de ces malheureux périrent-ils faute de soins immédiats.

Georges, après une abondante perte de sang, eut un assez long délire; ses rares éclairs de raison étaient pour celle qu'il aimait et dont il souhaitait la présence.

Un jour, en se réveillant, il attacha ses regards sur une jeune fille qui lui présentait un breuvage.

— Quoi, Wilhelmine, c'est bien vous, dit-il

en la reconnaissant, et il ajouta : N'avais-
je pas raison de vous appeler mon ange
gardien, puisque Dieu a exaucé ma prière
en vous envoyant près de moi.

La jeune fille lui souriait à travers les
larmes qui avaient jailli de ses yeux.

— Calmez-vous, Georges, répondit-elle,
et surtout ne parlez pas, le docteur l'a défendu. Je suis attachée à une ambulance
qu'on a dirigée de ce côté. Quand je vous ai
reconnu au nombre des blessés, je n'ai plus
voulu vous quitter.

— Merci de votre dévouement, chère
Wilhelmine. Ah! comment m'acquitterai-je
jamais envers vous.

— Vous ne le devinez pas, Georges ; en
ayant toujours pour moi la même affection.

Et Wilhelmine, un doigt sur sa bouche,
s'éloigna en lui envoyant de la main un
baiser.

L'état du blessé s'améliorant, il put bientôt se lever et marcher. Confiant à la nature
sa guérison complète, il céda à un autre blessé
le lit qu'il avait occupé et alla prendre domi-
cile chez de braves fermiers du voisinage. Il
rendit visite chaque jour à Wilhelmine, qu'il
espérait décider à retourner à Londres avec
lui.

Une fois, en s'approchant de la ferme où il habitait, Georges crut entendre des cris et des supplications, et il reconnut parfaitement la voix de la femme et de la fille du fermier, en ce moment aux champs.

Prêtant une oreille attentive, tout en continuant d'avancer, il put saisir les paroles suivantes :

— Je vous le répète, il me faut l'argent que vous avez caché ou je mets le feu à cette bicoque.

La voix qui les prononçait sur un ton brutal ne lui était pas inconnue ; il se glissa sans bruit par une porte de derrière, et aperçut alors les deux femmes à genoux, les mains jointes, et suppliant un individu sous la tenue d'un officier prussien, qui n'était autre que Otto Ganz.

Il s'élança immédiatement sur lui, l'étendit à ses pieds en lui assénant un coup de la crosse de son revolver.

Quelques minutes plus tard, Otto, bien garrotté, se trouvait dans une charrette, sur une litière de paille.

— Où suis-je ? murmura-t-il en reprenant ses sens.

— En mon pouvoir, répondit Georges, qui

ajouta : Tu as assez cherché les moyens de
me nuire, il est temps que je me venge. J'aurais pu te tuer, je ne l'ai pas voulu ; je préfère laisser ce soin à d'autres. Ah! tu as
trouvé bon de servir les deux camps, et je
te retrouve sous l'uniforme de nos ennemis
et rançonnant les habitants. Espion et voleur, tu aimes le cumul. Va, n'espère de
nous aucune pitié, et n'oublie pas que tes
heures sont comptées.

— Que voulez-vous faire de moi? où me
conduit-on ? balbutia Otto, au comble de la
stupéfaction.

— A Sedan, où tu seras remis aux mains
de l'autorité allemande, pour y être jugé par
une cour martiale.

— Soit, ma vie est terminée, et mieux
vaut en finir ici qu'aller crever de faim en
Angleterre.

Le commandant des forces allemandes,
instruit de l'affaire, n'hésita pas un seul
instant à condamner à mort Otto Ganz, dont
l'exécution eut lieu sur la grande place de
la ville.

Nous n'avons pas à nous occuper des suites
de cette campagne si désastreuse, car nos
deux jeunes gens n'y prirent point part.

Mme Bernsdoff-Sussex, venue pour diriger elle-même l'ambulance qu'elle avait organisée, s'aperçut combien Wilhelmine avait dépéri ; elle l'engagea à renoncer à la pénible tâche qu'elle s'était imposée.

— Ma chère enfant, lui dit-elle, votre dévouement est au-dessus de tous les éloges, retournez vers votre père, qui vous réclame instamment ; près de lui, croyez-moi, la santé vous reviendra.

Georges et Wilhelmine, libres l'un et l'autre, le premier sur sa parole de ne plus prendre les armes contre les Prussiens tant que durerait cette guerre, se rendirent à Ostende par Bruxelles, et là s'embarquèrent sur un paquebot qui les conduisit à Londres. Leur retour, accueilli avec la plus grande joie, fut beaucoup fêté.

En revoyant son fils, Mme Delcourt ressentit une telle émotion qu'elle crut en devenir folle. Georges trouva son père bien changé ; les malheurs de sa patrie l'avaient douloureusement éprouvé.

— Cette guerre, se surprenait-il à dire souvent, fut une vanité de l'Empire. Napoléon est tombé entraînant dans sa chute le système de corruption qu'il avait pris tant de soin à établir. L'avenir est à la France, qu'elle en profite et qu'elle prépare les représailles ; le jour de la vengeance viendra. La France n'a pas démérité aux yeux des autres nations, l'héroïque défense de Strasbourg vaut à elle seule plusieurs victoires.

Certain qu'il ferait des heureux, il consentit au mariage de Georges avec Wilhelmine, et les deux jeunes époux s'établirent tout près de leurs parents, où ils font aujourd'hui d'excellentes affaires.

Souvent Georges se plait à regarder la croix qui récompensa son dévouement, elle lui rappelle tant de souvenirs. Vient-il à songer aux dures épreuves qu'il a traversées, qu'un doux regard de sa femme les lui fait oublier.

N'a-t-elle pas souffert aussi pour se rapprocher de lui? Dévoués l'un à l'autre, comme nous les avons vus, le ciel ne leur devait-il pas une récompense ? Ils l'ont enfin, elle est telle qu'ils la désiraient du fond du cœur : ils finiront leurs jours ensemble.

FIN.

61. — Poitiers, typ.-lith. de l'Ouest: J. Beaumyte.
Paris, 3, rue d'Aboukir.

www.ingramcontent.com/pod-product-compliance
Ingram Content Group UK Ltd.
Pitfield, Milton Keynes, MK11 3LW, UK
UKHW021746090726
13657UKWH00002B/954